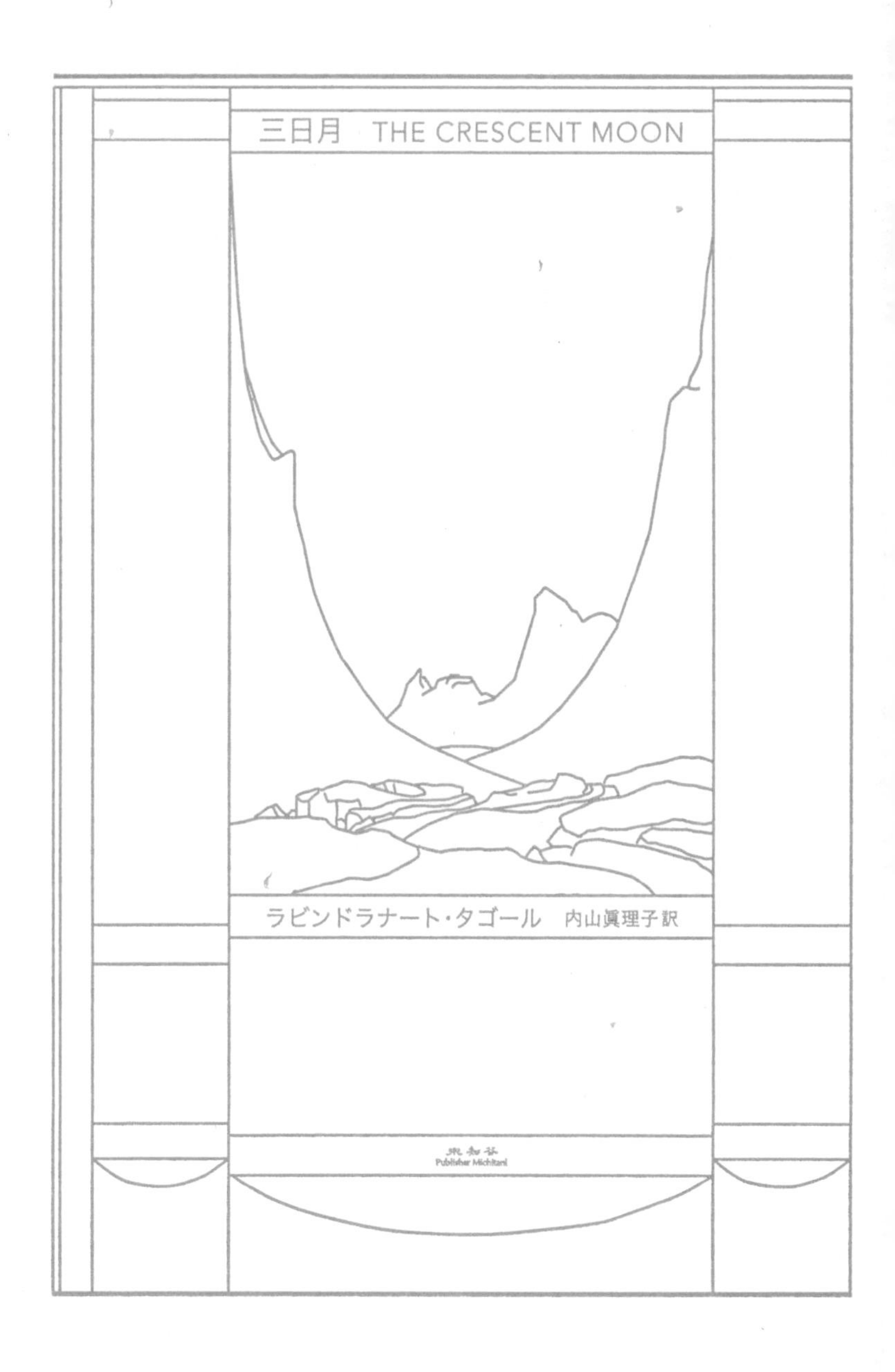
三日月　THE CRESCENT MOON
ラビンドラナート・タゴール　内山眞理子訳
未知谷
Publisher Michitani

目次

本書装幀の原案とした原書表紙絵、スタージ・ムーアの画像提供を
明治大学図書館より受けました。誌して謝意を表します。（編集部）

三日月　The Crescent Moon

家

沈みゆく太陽が、そのさいごの黄金（きん）を守銭奴みたいにかきあつめてゆくころ、わたしはひとり野地の道をあるいていた。

日のひかりは闇のむこうにいよいよ低く深く落ち、収穫のおわった大地がひとりのこされた寡婦のようにだまりこくって横たわっていた。

とつぜん空に、かん高い少年の声があがった。すがたは見えなかったがかれは暗がりをよこぎって、黄昏のしじまのなかに歌のひびきをのこして去った。

かれの村の家はサトウキビ畑のむこう、荒れ地のはずれにあるのだが、バナナや、ほそ身のビンロウジュ、ココ椰子や、濃いみどりのジャックフルーツの樹々にかくれて見えない。

星かげの道にしばしたたずんで、わたしは目のまえにひろがる大地を見た。揺りかごや寝床をそなえた数しれぬ家いえ、母たちのまごころや夕べのともしび、そして喜びじたいがもとよりその値打ちをあずかり知らぬ、そんな無垢の喜びに興じる、いのち幼き子らがいて、闇におおわれた大地がその腕（かいな）にすべてを抱きよせているのをわたしは見た。

海辺に

果てしない世界の海辺に子どもたちはつどう。

無窮の空は頭上でうごかず、水はやすみなくゆれている。果てしない世界の海辺に、歓声をあげ跳ねまわって、子どもたちはつどう。

子どもたちは砂で家をこしらえ、貝がらであそぶ。落ち葉でいくつも舟をあみ、ほほえみながら深い水のひろがりに舟をうかべる。子どもたちは世界の海辺で子どものあそびをたのしむ。

子どもたちは泳ぎかたを知らない。網の打ちかたを知らない。真珠とりは真珠をもとめて海にもぐり、商人（あきんど）たちは船をしたてて海をわたる。子どもたちは小石をあつめ、また小石をまきちらす。子どもたちは隠された財宝をもとめず、網の打ちかたを知らない。

海は大わらいして波立ち、砂浜のほほえみが淡くかすかにひかる。死の商いをする波は、母が赤ん坊の揺りかごをゆらすときのように、意味のない歌をうたってきかせる。海は子どもたちとたわむれ、砂浜のほほえみは淡くかすかにひかる。

果てしない世界の海辺に子どもたちはつどう。嵐は道なき空をさまよい、船は航跡なき大海にしずみ、死はどこにでもあり、子どもたちはあそびつづける。果てしない世界の海辺に子どもたちの大きなつどいがある。

みなもと

赤ちゃんの目にそっとおとずれる眠りがどこからやって来るのか、いったいだれが知っているかしら。うわさによれば眠りのすみかは妖精の村で、ツチボタルがかすかにひかる森の木かげに、魔法の小さな蕾がふたつ、おずおずとひかえているんだって。そこから眠りがやって来て、赤ちゃんの目にキスをするという。

赤ちゃんが眠っているとき、くちもとにほのかに浮かぶ笑みが、どこで生まれたのか、いったいだれが知っているかしら。うわさによると、わかい三日月の青いひかりが、消えゆく秋雲のふちにふれたとき、朝つゆの夢のなかに最初のほほえみが生まれたのだとか。それで赤ちゃんが眠っていると、くちもとに笑みが浮かぶという。

赤ちゃんの手足にあふれる甘やかな初々しさは、長いことどこに隠されていたのか、いったいだれが知っているかしら。そう、お母さまがまだわかいむすめだったときに、それは愛の無言の神秘のなかで、心の奥底をやさしくみたしていた、赤ちゃんの手足にあふれるその甘やかな初々しさは。

赤ちゃんの道すじ

赤ちゃんがそうしたいなら、いますぐにでも天へ飛んでゆけるだろう。

かれがわたしたちからはなれてゆかないのに理由がないわけではない。かれはお母さまの胸に頭をあずけているのが大好きで、お母さまがみえなくなると我慢ができないのだ。


赤ちゃんはかしこい言葉の作法をすべて知っている、かしこい言葉の意味をわきまえている人は地上にほんのわずかしかいないのだけれど。

かれが話そうとしないのに理由がないわけではない。

その理由のひとつは、かれはお母さまの言葉を、お母さまのくちもとからならいたいから。だからかれはとっても無邪気にみえる。


黄金や真珠を山のように持っていたのに赤ちゃんは、この地上に物もらいみたいにやって来た。

かれが乞食のふりをしてやって来たのに理由がないわけではない。いたいけな裸坊の物もらいは、寄る辺なくみせかけているけれど、それもお母さまの惜しみない愛をほしいがゆえなのだ。

赤ちゃんは小さな三日月の国で、どんな束縛もなく自由だった。

かれがその自由を手ばなした理由が、なかったわけではない。

お母さまの心の片すみに無限のよろこびの場所があって、お母さまの愛の腕(かいな)にしっかり抱きしめられるのが、自由なんかよりはるかによろこばしいことをかれは知っているのだ。

赤ちゃんは泣きかたを知らなかった。すべてがそろった無上のよろこびの国に住んでいたから。

かれが涙をながすのをえらんだのに理由がないわけではない。

かわいい顔にうかぶほほえみはお母さまの心を引きつけてやまないけれど、それでもなお、あれこれの困りごとが引きおこす泣き声が、哀れみと愛の二重のきずなを紡ぎあげてくれるからなんだ。

気づかれない野外劇

いったいだれだったのか、わが子よ、小さな上衣に色をつけ、かわいいきみに赤いチュニックを着せたのは。

朝、中庭であそぼうと、きみは外に出て来て、とことこ歩いては駆けだしてころんでしまった。

だけど、その小さな上衣に色をつけたのはいったいだれだったのか、わが子よ。


わたしの小さな、いのちの蕾よ、いったいなにがきみを笑わせるのかい？

お母さまが戸口のところに立っていて、きみにほほえんでいる。

お母さまが手をたたくと腕輪が鳴って、それできみは羊飼いそっくりに、竹の棒を手にもって踊る。

だけど、いったいなにがきみを笑わせるのかい、わたしの小さな、いのちの蕾よ。

物乞いさん、きみはいったいなにをねだっているの、きみのお母さまの首（うなじ）に両手をまわして？

欲ばりの心さん、世界を果物のように空からもぎとって、きみのちっぽけな薔薇色の手のひらにのせてあげようか。

物乞いさん、きみはいったいなにをねだっているのかい？


風が喜々として、きみの足首かざりの鈴の音をはこびさる。

太陽がほほえみながら、きみの身じたくを見つめている。

きみがお母さまの腕（かいな）に眠るとき、空がきみを見まもっている、そうして朝が忍び足できみの寝床に近づいて、きみの目にくちづけする。

風が喜々として、きみの足首かざりの鈴の音をはこびさる。


夢の妖精の女主人が夕空を飛びこえて、きみのところにやって来る。

世界の母は、きみのお母さまの心のうちにあり、きみのかたわらにすわる。

星ぼしに音色をかなでてきかせる、その人が、笛を手にきみの窓辺に立っている。

そして夢の妖精の女主人が夕空を飛びこえて、きみのところにやって来る。

眠りどろぼう

いったいだれが赤ちゃんの目から眠りをぬすんだの？　わたしはどうしてもそれを知りたい。

お母さまは水甕を脇にかかえて、村のむこうへ水をくみに出かけた。昼どきだった。子どもたちは遊びをやめ、池の水鳥たちは静まりかえった。

羊飼いの少年は、バンヤンの木陰でまどろんだ。

マンゴーの茂みにそってひろがる湿地帯に、アオサギが身じろぎもせずに立っていた。

そんなとき眠りどろぼうがやって来て、赤ちゃんの目から眠りをぬすんで飛び去った。

お母さまが家にもどると、赤ちゃんは部屋じゅうをぐるぐるはい回っていた。

いったいだれが赤ちゃんの目から眠りをぬすんだの？　わたしはどうしてもそれを知りたい。眠りどろぼうをつかまえて縛りあげてやろう。

暗い洞窟をのぞいてみなくては。ごつごつした岩や、いかめしい石のあいだをぬって細い流れがしたたり落ちている、その洞穴を。

うっそうとしたボクル*の樹の、けだるい暗がりをさがしてみなくちゃならない。茂みを縄ばりにして鳩がくうくう鳴き、星のまたたく夜のしじまに、妖精たちの足音かざりがきらめく、その暗がりを。

宵のころには、さやさやとそよぐ竹林をのぞいてみよう。ホタルがひかる、その場所を。生きものに出あったら、かたっぱしからたずねてみよう。

「眠りどろぼうがどこにすんでいるか、だれか知っているかい？」

いったいだれが赤ちゃんの目から眠りをぬすんだのか、どうしてもわたしは知りたい。

つかまえられさえするならば、眠りどろぼうにお仕置きをしてやれるんだが。

眠りどろぼうの巣をおそって、ぬすんだ眠りを隠しもっている場所を見つけてやろう。

ぬすんだ眠りをうばい返して、わたしは家にもってかえろう。

そして、眠りどろぼうの両翼をかたくしばって川の土手へ連れて行ったら、そこで放してやり、イグサやスイレンのあいだに生える一本の葦を釣り糸にしてあそばせてやることにしよう。

夕方、市場がとじて、村の子どもたちが母の膝でやすらぐころ、夜の鳥たちがからかって、眠りどろぼうの耳にうるさく言うことだろう。

「さあこんどは、いったいだれの眠りをぬすむつもりかい？」

＊ ボクル Bakula（ボクルはベンガル語よみ）。鬱蒼とした樹形で、十メートル近くにもある常緑樹。星型の小さな花には芳香がある。

はじまり

「ぼくはどこから来たの、ぼくをどこで見つけたの」と幼子がその母にたずねた。

なかば泣き、なかば笑い、母は幼子を胸に抱きよせてこたえた。

「あなたはわたしの心の奥に、わたしの願いとしてかくれていたの、いとしい子よ。

わたしが子どもだったころ、あなたはお人形遊びのなかにいたのです。毎朝、土をこねて神さまの像をつくっていたけれど、そうしてわたしはあなたをつくっては、ほどいていたのです。

あなたはわたしたちの家庭の神さまのようで、礼拝のなかであなたに祈っていました。

わたしの願い、わたしの愛、わたしの生命のすべてに、そしてわたしの母の生命のすべてに、あなたは生きていたのです。

わたしたちの家庭をひとつにする不死の精霊のみ胸で、時をこえてあなたはだいじにされてきました。

娘だったころ、わたしの心は花ひらき、花がよい香りをただよわせるように、あなたはわたしの心のうちをめぐっていたのです。

あなたのうぶなやわらかさは、若かったわたしの手足に花ひらいたのです、太陽が昇るまえの空がやさしくかがやくように。

天の最初の愛すべきものは、暁の光とふたごで、世界の生命の流れにのって降りて来て、わたしの心にゆきついたのです。

あなたの顔に見入っていると、神秘さに打たれます、あらゆるものに属していたあなたがわたしのものになったのだから。

あなたを失うのがこわくて、あなたをわが胸に抱きしめます。

世界のたからものを、このわたしの細い腕に抱きしめているなんて、なんて不思議なことでしょう」

幼子の世界

わが幼子のすむ世界のまんなかに、静かな片すみをもてたらいいな、とわたしはおもう。

わたしにはわかっている、そこには、かれに語りかける星ぼしがあり、かれの顔のほうにうつむいて、へんてこな雲や虹を見せてはかれをおもしろがらせる空があることを。

口がきけないと信じられているものたちも、じっと動かないように見えるものたちも、かれらの物語や、かがやくおもちゃであふれる盆をたずさえては、幼子の窓辺にしのび寄る。

幼子の心をよこぎる道をとおって旅をして、あらゆる境界をこえてゆけたらいいな、とわたしはねがう、そこは、

歴史に出て来ない王さまたちの王国をつないで、使者たちが理由もなく回りめぐっているところ、

理性（ことわり）がその法の凧を空に飛ばしあげ、真実（まこと）が、事実の足かせを取りはずして自由にしてやるところ。

いつ、なぜ

わが子よ、わたしがきみに色とりどりのおもちゃをもってくるときに、わかるんだよ。雲や水になぜこんなにたくさん、色のあそびがあるのか、なぜいろんな色合いで花が染められているのかを。わが子よ、きみに色とりどりのおもちゃをもってくるときに。

きみを踊らせようとして歌をうたうときに、なぜ木の葉に音楽があるのか、なぜさざなみが歌をうたっては、耳をかたむける大地の心に歌をおくるのか、わたしは気づくのだ、きみを踊らせようとして歌をうたうときに。

きみの、ほしがり屋の手にお菓子をわたすとき、わかるよ。なぜ花の芯に蜜がかくれているのか、なぜ果物がひそかに甘い果汁にみちているのか、わかるんだ、きみのほしがり屋の手にお菓子をわたすときに。

いとしい子よ、きみの顔にくちづけをして、きみがにこにこすると、わたしはほんとうにわかるよ、朝の光のなかに空からどんな喜びが流れてくるのか、夏のそよ風がどんな嬉しさをわたしの体にはこんでくるのか。きみの顔にくちづけをして、きみがにこにこすると。

あらさがし

目に涙をためているのはなぜなの、わが子よ。

つまらないことを叱ってばかりいる人たちってひどいね。

習字をしていてきみは指や顔を墨でよごしたんだね、それをきたないって言うのかい？

やれやれ。あの人たち、十五夜のお月さまがその顔を墨でよごしたとしたら、おなじ理由できたないって言うだろうか？


いちいちあげつらって、かれらはきみをとがめる、わが子よ。なんの理由もなくあらさがししようとする。

遊んでいて服をやぶいたからって、それできみを、だらしがないって呼ぶのかい？

やれやれ。ちぎれた雲のあいだからほほえむ秋の朝のことを、かれらはなんて呼ぶんだろうか？

わが子よ、かれらがなんと言おうが、きみは気にしないで。

かれらは、あらさがしの一覧表をつくる。

きみがお菓子を大好きなのをみんなが知っているけれど、それできみを欲ばりって呼ぶのかい？

やれやれ。それならきみを愛してやまないぼくらを、かれらはなんて呼ぶだろうね？

ジャッジ

かれのことを何とでもお言いなさい、だが、わが子の至らぬところはわかっている。

わたしはかれのことを愛しているが、それは、かれがいい子だからではなく、わたしの小さな子どもだから。

わたしがどれほど愛おしくおもっているか、あなたにどうしてわかりましょうか、かれの長所と短所を天秤にかけておられるあなたに。

わたしがかれに罰をあたえるとき、かれはいっそうわが身になる。

わたしのせいでかれが目に涙をためるとき、わたしの心はかれとともに泣いている。

とがめて罰することができるのはわたしひとり、愛する者だけに懲罰ができるのだから。

遊び道具

子どもよ、朝からずっと土にすわって折れた小枝であそんで、きみはなんて楽しそうなんだ！

枝の切れ端であそぶ、きみのすがたをみて、わたしはほほえむ。

時間ごとに数字を合計して、わたしは勘定書きに忙しい。

きみはわたしをちらとみて、おもうだろうね、

「なんてつまらない、そんなことで朝をだいなしにするなんて」って。

子どもよ、わたしは、小枝や泥のお菓子に夢中になるのをすっかり忘れてしまった。

高価な遊び道具をさがし出しては、わたしは金や銀の塊をあつめる。

きみは、みつけるものをなんでも楽しい遊びにしてしまう。

わたしは、とうてい手に入らないものに、時間と力の両方をつぎこむばかりだ。

このこわれやすい小舟にのって、わたしは欲望の海をわたろうともがき、それで、わたしもまた遊びをしているということを忘れてしまう。

天文学者

ぼくはこう言っただけ。

「夕方になってカダムバ*の木の枝に十五夜お月さんがかかったら、だれかつかまえてもってこられるかしら」

それを聞いて兄さんがぼくに言った。

「坊や、おまえみたいなおばかさんはどこにもいないよ。月はとっても遠いところだ。手がとどかないよ」

ぼくは言った。

「兄さんはなんにもしらないね。ぼくたちがあそんでいて、お母さまが窓から笑いかけるとき、お母さまがすごく遠いところにいるっていうの」

だけど兄さんは言った。

「ばかな子だね、でも坊や、月をつかまえるでっかい網がいったいどこにあるっていうんだい」

ぼくは言った。

「もちろん手でつかまえるんだ」

すると兄さんは笑って言った。

「ほんとにばかだね。月がもっと近づいたら、どんなに大きいかわかるんだけど」

ぼくは言った。

「兄さん、学校でいったいなにを教わっているの。お母さまがぼくたちにキスをしようと顔を近づけたら、お母さまの顔がものすごく大きく見えるっていうの」

それでもやっぱり兄さんは言う、

「おまえはばかだ」って。

*カダムバ Kadamba は、笛を吹く牧童クリシュナ神がこよなく愛する樹木。モンスーン到来のころに咲き始める花は、夜のおとずれとともに開花し、酔うような芳香をはなつ。果実は新鮮な果汁をたくわえ、アーユル・ヴェーダの伝統医学で利用される。

雲と波

お母さま、雲に住んでいる人たちがぼくを呼ぶ――

「わたしたち、あそんでくらしているの、朝から晩まで。

金の夜明けとあそび、銀のお月さまとあそびます」

ぼくは言う。

「だけど、どうやってあなたたちのところに行けるの」

かれらはこたえる。

「大地のふちまで来て、空へむかって両手をあげなさい、そしたら雲のなかへつれて行かれるでしょうよ」

「お母さまがおうちで待っているの」と、ぼくは言う。「お母さまをおいて行けるわけがありません」

そしたらにこにこ笑って、飛んで行った。

けれど、お母さま、それよりも楽しい遊びをぼくは知っている。

ぼくが雲になるから、お母さまは月になってね。

お母さまをぼくが両手でつつむと、おうちの屋根は青い空だよ。


波のなかに住んでいる人たちがぼくを呼ぶ——

「ぼくらは朝から晩まで歌をうたっている。えんえんと旅をつづけているけれど、どこを通っているのかわからないのさ」

ぼくはきく。

「あなたたちのところに行くにはどうしたらいいの」

するとかれらは言う。

「岸辺のきわまで来たら、目を閉じて立っていなさい、そうすれば波の上へはこばれるだろうよ」

ぼくは言う。

「夕方になるといつもお母さまがうちで待っているから、ぼくはお母さまをおいて行けないんだ」

そしたらかれらは笑って、踊りながら通りすぎてしまう。

けれどぼくはもっといい遊びを知っている。

ぼくが波になるから、お母さまは知らない国の岸辺になってね。

ぼくはどこまでもどんどん寄せて行って、そうして笑いながらお母さまの膝の上にくだけおちます。

ぼくたちがどこにいるか、世界じゅうのだれにもわからないでしょう。

チャンパの花

ぼくがふざけっこしてチャンパ*の花になって、木のこずえの高いところで若葉にうずもれて、くすくす笑いながら踊っていたとしたら、お母さまはぼくのことをわかるかしら。

あなたは呼ぶでしょう、「坊や、どこにいるの」って。

ぼくはだまって静かに笑っていますよ。

ぼくは花びらをそっとひらいて、あなたのお仕事をみていましょう。

ゆあみをおえて、お母さまは肩に濡れた髪をひろげ、チャンパの木陰を通ってお祈りをささげる小部屋へむかいます。そのときあなたは、花のよい香りに気づくでしょうけれど、それがぼくから匂っているなんてわからないでしょう。

昼食のあと、あなたは窓辺にすわってラーマーヤナを読み、樹々の影があなたの髪と膝におちるとき、ぼくはぼくの小さな影を本のページのうえにゆらしましょう。

けれどお母さまは、それがあなたの幼子の小さな影だとわかるでしょうか。

夕方、あなたが手にランプをもって牛小屋へ行くとき、ぼくはまた土の上におりて来て、あなたの幼子にもどります。そして、お話をきかせてとねだります。

「いたずらっ子、いままでどこにいたのかい？」

「お母さま、それは内緒です」

そのときお母さまとぼくは、こんなことを言い合うでしょう。

＊チャンパ Champa はチャンパ樹に咲く花。花弁はやわらかい白色、花の中心部は黄色で、えもいわれぬ高貴な芳香がある。

妖精の国

ぼくの王さまの宮殿はね、それがどこにあるのか知りたい人たちが来ると、とたんに空中に消えてしまいますよ。

壁は白銀、屋根はかがやく金色です。

七つの中庭がある宮殿の奥に女王がすんでいて、女王は七つの王国の財宝にあたいする宝石を身につけています。


けれど、お母さま、内緒であなたにおしえます、ぼくの王さまの宮殿がどこにあるか。

それはね、うちの屋上テラスの、トゥルシー*の木が植えられているところですよ。


こえてゆけない七つの海の、はるかな岸辺に王女がねむっている。

だれも王女をみつけだせる人なんかいない、ぼく以外には。

王女は腕にブレスレット、耳には真珠のかざりをつけて、長い髪は床にとどく。

ぼくが魔法の杖でひとふれすると王女は目ざめて、王女がにっこりすると、くちもとから宝石がこぼれおちる。

でも、お母さま、内緒でおしえるけれど王女は、うちの屋上テラスの、トゥルシーのところにいますよ。


あなたが沐浴しに河へ出かけるときに、屋上テラスにあがってみてね。

ぼくは、壁の影がひとつに合わさるところにすわっています。

ぼくといっしょに来てもよいのは猫だけなんです、お話にでてくる床屋がどこにすんでいるかを猫が知っているから。

けれど、お母さま、こっそりあなたにおしえます、お話の床屋がどこにすんでいるかを。

それはね、トゥルシーの植木鉢がある、屋上のテラスの片すみですよ。

＊トゥルシー Tulsi の英語名はホーリー・バジルである。田舎では各家庭の庭に、都会では屋上のテラスなどにトゥルシー樹があって、朝夕の祈りがささげられる。アーユル・ヴェーダの優れた効能でも知られる草木。

さすらいの沙漠

お母さま、空の光がかげりました、いま何時かしら。

遊びにあきたから、お母さまのところに来たんだ。今日は土曜日でお休みだし。

お仕事をやめて、この窓辺にすわって、おとぎ話にでてくるテパンタルの沙漠がどこにあるのかおはなしして。


一日じゅう、端から端まで雨の暗いかげにおおわれていた。

すさまじい稲妻が空に爪を立てている。

雲がごろごろと鳴って雷がとどろくとき、心のなかで恐ろしくなって、お母さまにしがみつくのがぼくは大好き。

はげしい雨が何時間も竹の葉をたたき、突風がふいてうちの窓がガタガタいうとき、お母さま、あなたとふたりきり、おとぎ話のテパンタルの沙漠のお話をきくのが、ぼくは好き。

お母さま、それはどこにあるのかしら、どの海の岸辺に、どの丘のふもとに、どの王さまの国に？

その王国は、草地に垣根なんかなくて、夕方、その草地をよこぎって村びとたちが村へ帰り、森で枯れた小枝をあつめる女の人が市場へ枝の束をはこぶ、きめられた道もないから自由に。テパンタルの沙漠には、黄色い草がところどころはえていて、一本だけ木があるんだけど、その木には、歳をとった賢い鳥のつがいが巣をつくっている。


こんな日は想像するにはうってつけだよ、王さまの若い王子があし毛の馬にのってたったひとり沙漠をさすらう、未知の海をこえて巨人の宮殿に幽閉されてしまった王女をさがして。

遠くの空に雨の暗い靄がおりて来て稲妻がひかると、痛みの発作に打たれたみたいに王子は、王さまに見捨てられて牛小屋の掃除をしながら目の涙をぬぐう、かれの不幸な母のことを思いだすかしら、おとぎ話のテパンタルの沙漠をとおって馬をすすめているときに？


ほら、お母さま、一日がおわるまえにすっかり暗くなって、むこうの村の道をゆく旅人はとだえました。

羊飼いの少年は牧草地からはやばやと家へ帰り、男たちは畑仕事を切りあげて藁屋根の軒下に敷物をしいてすわり、いまにも降りだしそうな雲ゆきをながめます。

お母さま、ぼくは本をぜんぶ棚の上にかたづけましたから、勉強しなさいって言わないでね。

おとなになってお父さまみたいに大きくなったら、やらなくちゃならないことはぜんぶやりますよ。

だけどきょうは、お母さま、おとぎ話のテパンタルの沙漠がどこにあるのか、はなしてください。

雨の日

陰うつな雲が速度をあげて、森の黒いふちに集まっている。

坊や、外に出てはいけないよ。

水辺にならぶヤシの木は暗い空に頭を突き出し、翼の汚れたカラスたちはタマリンドの木の枝に音もなくじっとしている。東側の岸辺には深まる闇がとりついてしまった。


わが家の牝牛は垣根につながれ、高く鳴き声をあげる。

坊や、ここで待っていておくれ、牝牛を牛小屋にもどしてやるからね。


男たちが、水びたしになった野地に集まって来る。水のあふれた池から魚が逃げて来るのをつかまえるのだ。雨水は細い小道を小川となって駆けてゆく、追いかける母を笑いながらふりきって逃げる子どもみたいに。

耳をすましてごらん、だれかが浅瀬で船頭を呼んでいる。

坊や、日の光はうす暗く、渡し舟はもう出ないよ。

空は、狂ったようにほとばしる雨の上にまたがって、雨を疾駆させる。河の水は大きな音を立てて、しびれを切らす。女たちはいそいで水甕をみたし、ガンジスから大あわてで家へもどった。


夕暮れのランプを用意しなくては。

坊や、外に出てはいけないよ。

市場への道にひと気なく、河につづく小道はすべりやすい。風が唸り声をあげ、網にかかった獣そっくりに竹林の茂みのなかでのたうっている。

紙の舟

ぼくはまいにち、紙の舟をひとつずつ流れに浮かべる。

太い黒文字でぼくの名まえを書き、ぼくの村の名を記して。

見知らぬ国のだれかがそれをみつけて、ぼくのことを知ってくれるといいな。

小さな舟に、うちの庭に咲くシウリ*の花を積み入れて、明け方ひらくこれらの花が、夜、無事に岸辺にたどりつくのをぼくはねがう。

紙の舟を水へ送りだすと、ぼくは空を見上げ、小さな雲の群れがその白い帆をふくらませているのを発見する。

いったいどんな遊び友だちが空にいて、ぼくの舟と競争しようと、白い帆を空中から下ろしてくるのかしら。

夜が来るとぼくは腕のなかに顔をうずめて、紙の舟が夜更けの星ぼしのもとを、どこまでもすすむのを夢みている。

眠りの妖精たちがその舟にのってただよい、夢にみちあふれたかれらの籠がはこばれてゆく。

＊シウリ Shiuli は、Shefali とも。英語でナイト・ジャスミンと呼ばれることも。中央部がオレンジ色の白い小さな花は、夜のうちに花ひらき、夜明けとともに散る。花のシーズンは九月から十一月ころ。きよらかで甘美な芳香があり、地面におちた花をあつめて花輪を編み、祭壇にささげる。

船乗り

船頭モドゥさんの船はラジゴンジュの船着き場につながれている。

船は無駄にジュートをつみ、もうながいこと役立たずに放ってある。

かれが船をぼくに貸してくれたらな、そしたらぼくは漕ぎ手を百人つけて、五つか六つか
七つ、帆を張りあげよう。

ぼくはつまらない市場なんかへは向かわない。

ぼくは妖精の国の、七つの海と十三の河をめざすんだ。


けれど、お母さま、ぼくのことを心配して部屋のすみっこで泣かないでね。

ぼくはラマチャンドラ*みたいに、森へ行って十四年間もかえってこないなんてことはしな
いから。

ぼくはお話の王子になりますよ、望むものはなんでもぼくの船に積みこむ。

ぼくは友だちのアシュくんを連れて行く。ぼくらは妖精の国の七つの海と十三の河をおも

しろおかしく航海します。


ぼくらは明け方の光のなかに帆をあげます。

お昼にお母さまが池でゆあみするとき、ぼくらは見知らぬ王国にいるでしょう。

それからぼくらはティルプルニ*の浅瀬をこえて、テンパタル*の沙漠をあとにします。

ぼくらがもどるころ、日が暮れて暗くなっているでしょう、そしてぼくらがなにを見たか、
ぜんぶあなたにお話をします。

ぼくは妖精の国の七つの海と十三の河をこえてゆきますよ。

＊ 神話や伝説に登場する人名や地名。

遠い岸辺

河のむこうの、遠い岸辺にわたってみたい。
そこでは舟が一列にならんで竹の杭につながれ、
朝になると肩に鍬（くわ）をかついだ男たちが、遠い畑をたがやすために舟で河をわたる、
牛飼いたちは、モーモーと鳴く牛の群れを泳がせて、河べりの牧草地へつれて行き、
夕方が来るとかれらはみな家へ帰って、葦のしげる島は遠吠えするジャッカルだけがのこされる。
お母さまがかまわないなら、おとなになったらぼくは渡し舟の船頭になる。
うわさでは、その高い土手のうしろに不思議な池があって、
雨季が終わると野鴨の群れが飛来して、葦の密生する池のふちで水鳥が産卵する、
シギたちがしっぽを踊らせながら、まっさらな柔らかい泥の上に小さな足跡をつけ、
日が暮れると、白い花を咲かせた背高のっぽの穂草が、花のその白い波いちめんに月の光をさしまねく。

お母さまがかまわないなら、おとなになったらぼくは渡し舟の船頭になる。

ぼくは岸辺から岸辺へと河をわたり、またもどって来て、河でゆあみしている村の男の子や女の子が目をみはって、ぼくをながめることだろう。

お日さまが空のまんなかに来て、朝が昼にかわると、ぼくは「お母さま、おなかがすいた」と言いながら走って帰って来る。

一日がおわり、影が木の下に小さくうずくまるころ、ぼくは黄昏のなかを家路につく。

ぼくはお父さまみたいに、仕事があるからといって、あなたから遠くはなれて町に出たりしないよ。

お母さまがゆるしてくれたら、おとなになってぼくは渡し舟の船頭になろうとおもう。

花の学校

空に嵐の雲がとどろいて、六月の雨が落ちて来ると、
湿った東の風が、荒れ野を行進しながら、竹林をゆるがせて笛を吹きならす。
すると、どこから来るのかだれにもわからないけれど、突然、花の群れがやって来て、底ぬけの喜びに草の上で踊る。

花たちは地下の学校に通っていると、お母さま、ぼくはほんとうに信じている。
花たちは扉をしめて勉強しているんだけれど、まだその時が来ないのに遊びに出ようとすると、先生が教室の片すみに立たせておく。

雨がやって来ると、花たちの学校は長いお休みになる。
森では木の枝どうしがぶつかりあい、荒々しく吹く風に木の枝がざわざわ鳴り、雷雲がその巨大な手をたたく、すると花の子どもたちはピンクや黄色や白のドレスを着て、大いそぎで外に飛び出して来る。

知ってるかい、お母さま、花たちの家は、星のかがやく空なんだ。

どんなに花たちがそこへ行きたがっているかわかってる？　なぜ花たちがあわていそぐのか、知らないの？

花たちがいったいだれにむかって腕をのばすのか、もちろんぼくにはわかるよ。ぼくにお母さまがいるように、花たちにもお母さまがいるからなんだよ。

商人（あきんど）

想像してみて、お母さま、あなたは家にいて、ぼくは見知らぬ土地へ旅に出るところだって。

ぼくの船は荷物をいっぱいに積みおえて、波止場で出発を待っている。

さあ、よく考えて、お母さま、帰ってくるときあなたに何をもって来てほしいか、それをぼくにおしえて。


お母さま、山のような黄金がほしい？

金の流れの岸辺に、金をざくざく収穫できる畑がある。

それからね、森をぬける小道には、木陰に金いろのチャンパの花が落ちるんだ。

あなたにその花をあつめて来るよ、数えきれない花かごに入れて。


お母さま、秋に降る雨つぶみたいに大きな真珠がほしい？

ぼくは真珠の島の海辺をこえてゆくよ。
明け方の光がさすと真珠が、牧草地に咲く花の上でふるえて草にこぼれおち、
荒海の波に砕けちって砂の上にばらまかれるんだ。
兄さんには、雲間を飛びまわる翼をもった二頭の馬をもって帰ろう。
お父さまには、知らないうちにペンがひとりでに書きすすめる魔法のペンを。
お母さま、あなたには、七人の王さまの王国をあわせたくらい値打ちがある宝石箱と宝石
を、ぼくはかならず手に入れて来るよ。

シンパシー

ぼくがお母さまの子どもじゃなくて、ちっぽけな子犬だったとしたら、「やめなさい」って言うかしら、ぼくがあなたのお皿から取って食べようとしたら？

あなたはぼくを追い出すかしら、「出て行け、行儀の悪い子犬だね」と言って。

だったら、お母さま、ぼくを呼んでも、もう二度とあなたのところへ行かないし、ぼくに食べさせることもできないよ。


もしぼくがあなたの子じゃなくて、ちっぽけな緑のオウムだったら、どっかへ飛んで行かないように、ぼくに鎖をつけておくかい？

指をふりながら、ぼくを叱りつけるかい、「あさましい鳥だ、昼も夜も鎖をかじって」と言って？

だったら、お母さま、ぼくは森へ逃げてしまう、そうしたら二度とぼくを腕に抱きしめられないよ。

仕事

朝十時の銅鑼が鳴り、ぼくは路地を通って学校へ行く。

ぼくはいつも、「腕輪はいらんかね、水晶の腕輪だよ」と呼びかける物売りに出あう。

かれに急ぐ理由はないし、通らなければならない道もない、どうしても行かなければならないところだってない、家へもどる時間も決まってやしない。

ぼくは物売りだったらよかったな、一日じゅう道に出て過ごすんだけど。

「腕輪はいらんかね、水晶の腕輪だよ」と呼びながら。

午後の四時になって学校からもどる道みち、
その家の門のむこうに、その家の庭師が土を掘りかえしているのが見える。
かれはシャベルを手に気のむくまま、服は泥だらけで、陽にやけようが濡れようが責め立てるひとなんかいない。
ぼくは庭師だったらよかったな、庭で土を掘りかえしても、だれもぼくを止めたりしないから。

夕方、暗くなると、お母さまがぼくに、寝床へ行く時間よ、と言う。

開けはなった窓からぼくは、見張り人が夜回りしているのをながめる。

路地は暗く、ひと気がなく、街灯が、頭のてっぺんにひとつ赤い目玉をつけた巨人みたいに立っている。

見張り人はランタンをゆらゆらさせ、かたわらに自分の影をしたがえて、かれは一生にいちどだって寝床になんか行かない。

ぼくは見張り人だったらよかったな、手にランタンをもって影を追いかけながら、夜じゅう通りを歩いていられるから。

先輩

お母さま、あなたの赤ちゃんはいかれてる。かのじょはどうしようもなく子どもっぽい。通りにともる灯と、星の光のちがいもわからない。

ままごと遊びで小石を食べるまねをすると。小石が食べ物だと信じて口に入れてしまう。

ぼくが本をひらいてやって、―― a, b, c, ――をならわせようとすると、かのじょは両手で本のページを破りさいて、理由なんかなく大喜びで笑う。これがあなたの赤ちゃんの勉強のやり方だ。

ぼくが怒って頭をふって、やんちゃはダメって言うと、ますます面白がって笑いだす。

お父さまは出かけて留守だってみんなが知っているのに、ふざけてぼくが「お父さま」って大声で呼ぶと、かのじょはしゃかりきになって周りをきょろきょろ見て、お父さまが近くにいるとおもっている。

家の洗濯屋が汚れた衣類をはこぶために連れてくるロバに、ぼくが勉強をおしえるとき、ぼくは校長先生だよ、とかのじょに言いきかせてあるのに、わけもなく金切り声を上げて、ぼくのことを兄ちゃん（ダダ）って呼ぶ。

あなたの赤ちゃんは月がほしくてたまらない。おばかさんだから、ガネッシュの神さまのことをガーヌシュって呼ぶ。

お母さま、あなたの赤ちゃんはいかれてる。かのじょはどうしようもなく子どもっぽい。

小さなおとな

ぼくは小さいから、ちっぽけな子どもだ。お父さまの歳になったら大きくなる。

ぼくの先生が来て言う、「遅くなった、すぐにきみの石板と本をもってきたまえ」

ぼくは先生に言う、「ぼくは父と同じくらい大きくなりました、わかりませんか。もう勉強はしませんよ」

先生はびっくりして言う、「かれがそうしたければ、本は放ってしまっていいでしょう。

なぜならかれはおとなですから」


ぼくはひとりで着がえて、人であふれかえる市場へ歩いて行く。

叔父さんが走って来て言う、

「坊や、迷子になるといけないから抱っこしてあげよう」

ぼくはこたえる、

「叔父さん、ぼくはもうお父さまと同じくらい大きいよ、わからないの。ぼくはひとりで市場へ行かなきゃならない」

叔父さんは言う、

「そうだね、かれは行きたいところに行ける、なぜならおとなだから」

お母さまがゆあみからもどって来ると、ぼくが子守りにお金をわたしていることだろう、金庫をぼくの鍵であけることができるから。

お母さまは「なにをするの、いたずらはおよし」って言うだろうけど。

ぼくは言いかえす、「お母さまは知らないの、ぼくはお父さまと同じくらい大きいから、ぼくの子守りにはぼくから銀貨をわたします」

お母さまはひとりごとを言う、「かれはもうおとなだから、思うままにお金をわたせるのね」って。

十月の長い休みに、お父さまは町から帰って来るのだけれど、ぼくのことをまだ赤ちゃんだとおもっているから、かわいい靴と小さなシルクの上衣を持って帰ろうとするだろう。

ぼくは言うよ、「お父さま、そんなものは兄さんにあげてください、ぼくはあなたと同じくらい大きいのですからね」

お父さまは考えてから言う、

「かれは好きなようにじぶんの服を買えるんだ、おとなだから」って。

刊行案内

No. 58

（本案内の価格表示は全て本体価
ご検討の際には税を加えてお考え

ご注文はなるべくお近くの書店にお願い
小社への直接ご注文の場合は、著者名・
数および住所・氏名・電話番号をご明記
体価格に税を加えてお送りください。
郵便振替　00130-4-653627 です。
（電話での宅配も承ります）
（年齢枠を超えて柔軟な感受性に訴える
「８歳から８０歳までの子どものための」
読み物にはタイトルに＊を添えました。
際に、お役立てください）
ISBN コードは 13 桁に対応しております。
総合図

未知谷
Publisher Michitani

〒 101-0064　東京都千代田区神田猿楽町 2-5-9
Tel. 03-5281-3751　Fax. 03-5281-3752
http://www.michitani.com

リルケの往復書簡集二種完結

詩人」「女性」からリルケ宛の手紙は本邦初訳

き詩人への手紙

詩人F・X・カプスからの手紙11通を含む

ナー・マリア・リルケ、フランツ・クサーファー・カプス著
ーリッヒ・ウングラウプ編／安家達也訳

208頁 2000円
978-4-89642-664-9

き女性への手紙

女性リザ・ハイゼからの手紙16通を含む

ナー・マリア・リルケ、リザ・ハイゼ 著 ／ 安家達也 訳

176頁 2000円
978-4-89642-722-6

8歳から80歳までの

岩田道夫の世界

子どものためのメルヘン

田道夫作品集　ミクロコスモス ＊

フルカラー A4 判並製 256 頁 7273 円
978-4-89642-685-4

天才だよ、作品が残る。生きた証も人柄も全てそこにある。
それでいいんだ。」（佐藤さとる氏による追悼の言葉）

のない海 ＊

192頁 1900円
978-4-89642-651-9

靴を穿いたテーブル ＊

200頁 2000円
978-4-89642-641-0

れテーブル！　全37篇＋ぷねうま画廊ペン画8頁添

楽の町のレとミとラ ＊

144頁 1500円
978-4-89642-632-8

の町でレとミとラが活躍するシュールな20篇。挿絵36点。

ァおじさん物語　春と夏 ＊

978-4-89642-603-8 192頁 1800円

ァおじさん物語　秋と冬＊

978-4-89642-604-5 224頁 2000円

あらあらあ　雲の教室 ＊

ールなエスプリが冴える！　**連作掌篇集　全45篇**

に出ている椅子は校長先生なの？　苦手なはずの英語しか喋れない？　空
成績の悪い答案で出来た紙飛行機が攻めてくる！　給食のおばさんの鼻歌
ろんな音に繋がって、教室では皆が「らあらあらあ」と笑い出し……

192頁 2000円
978-4-89642-611-3

ふくふくふくシリーズ　フルカラー 64 頁　各 1000 円

ふくふくふく **水たまり＊** 978-4-89642-595-6

ふくふくふく **影の散歩＊** 978-4-89642-596-3

ふくふくふく **不思議の犬＊** 978-4-89642-597-0

ふくふく　犬くん　きみは一体何なんだい？　ボクは　ほんとはきっと　風かなにかだと思うよ

イーム・ノームと森の仲間たち ＊

128頁 1500円　978-4-89642-584-0

イーム・ノームはすぐれた友だちのザザ・ラバンと恥ずかしがり屋のミーメ嬢、そして森の仲間たちと毎日楽しく暮らしています。イームはなにしろ忘れっぽいので　お話しできるのはここに書き記した9つの物語だけです。「友を愛し、善良であれ」という言葉を作者は大切にしていました。読者のみなさんもこの物語をきっと楽しんでくださることと思います。

十二時

お母さま、ほんとうにもう勉強をおしまいにしたい。朝からずっとぼくは本ばかりみてた。やっと十二時だ、ってあなたは言うけれど。それでまだ遅くないとしても、やっと十二時なら、もう午後になったって考えられないの？

ぼくはすぐに想像できるよ、お日さまがあの稲田の端っこまで行ってしまって、池のへりで魚とりのお婆さんが、ひとり食べる夕食の青菜を摘んでいるのを。

ちょっと目をつぶれば、マダルの木の陰がすっかり暗くなって、池の水が黒くひかっているのもわかる。

夜に十二時がやって来るなら、いま十二時になっているのに、どうして夜が来ないのかしら？

書きもの

お父さまはたくさん本を書いているってあなたは言うけれど、どんな本だかぼくにはわからない。

お父さまは夕方になると、あなたに読みきかせていたけれど、いったいなにを書こうとしているかわかるの？

お母さま、あなたはすごく面白い物語を、ぼくたちにはなしてくれるじゃないか。どうしてお父さまは、そういうお話を書けないの？

お父さまはかれのお母さまから、巨人や妖精や王女たちの物語を聞いたことがなかったのかな？

それとも、そんなお話をぜんぶ忘れてしまったの？

お父さまはいつも、お風呂に入るのが遅くなってしまうから、あなたは何度も何度も呼びかけなきゃいけない。

あなたはいつも待っていて、かれの食事をあたためているけれど、かれは書いてばかりいて忘れてしまう。

お父さまは年がら年じゅう本をつくって遊んでいる。

ぼくがお父さまの部屋に遊びに行こうものなら、あなたが飛んで来てぼくを呼ぶ、「こら、いたずらっ子」と言って。

ぼくがちょっとでも音を立てると、あなたは言う、「お父さまはお仕事ちゅうよ、わからないのかい？」

いつも書いてばかりいて、かれはいったいなにが面白いのだろうか。

ぼくがお父さまのペンか鉛筆をとって、かれのまねをして本に、——a, b, c, d, e, f, g, h, i, ——を書きつけたら、あなたはどうして機嫌をわるくするの？

お父さまが書くときは、絶対になにも言わないのに。

お父さまは紙をいっぱい捨てているけれど、お母さまはちっとも気にしていないみたい。

だけどぼくが、舟をつくろうとして一枚だけ紙をもらってもあなたは言う、

「坊や、おまえは面倒な子だ」って。

お父さまがたくさんの紙の、表にも裏にもいっぱい黒いしるしをつけて無駄にしているのを、あなたはどう思っているの。

いじわるな郵便屋

ねえ、お母さま、どうして床の上に静かにすわって黙りこくっているの？

雨が開いた窓から入っていて、ずぶ濡れになっているのに、それでも気にならないなんておかしいよ。

四時の銅鑼が鳴ったの聞いたでしょ？　兄さんが学校から帰って来る時間だよ。

すごく変だよ、いったいどうしたの？

今日はお父さまから手紙がとどかなかったの？

郵便屋が袋に手紙をつめて、町の、ほとんどみんなに手紙を配達していたのをぼくは見たよ。

お父さまの手紙だけは、郵便屋がじぶんで読むためにとっておくんだ。あいつ、いじわるなやつなんだ。

だけど、お母さま、そんなことでがっかりしないで。

明日はとなりの村で市が立つ日だよ。お手伝いさんに、ペンと紙を買ってくるように言ってね。

お父さまの手紙を、ぼくがぜんぶ書いてあげるから。まちがいなんかひとつも見つからないからね。

ぼくはAからKまで書くよ。

だけど、お母さま、どうして笑うの？

お父さまのように、ぼくがきちんと書けるわけないっておもっているでしょ。

でも、紙にていねいに線を引いて、どの字も大きくきれいに書くよ。

書きおわったらお父さまみたいにそれを、いけすかない郵便屋の袋に投函すると考えてる？

待ち時間なく、ぼくはあなたのところに手紙を持って来て、あなたがぼくの字を読むのを手伝ってあげるよ。

ぼくにはわかっている、郵便屋は、とっても素敵な手紙はあなたに配りたくないんだよ。

ヒーロー

ぼくたちふたりで旅に出たって想像してみて、お母さま、危険がいっぱいの、見知らぬ国を通りぬけて行くところだって。

お母さまはかごに乗り、ぼくはそのそばを赤毛の馬にまたがって進んでいる。

夕方になり、陽が沈む。ジョラディギの荒野がうす暗く、たよりなげに広がっている。人っ子ひとりいない、荒れはてた土地だ。

あなたはこわくなって考える――「いったいどこに来てしまったのかしら」

ぼくは言う、「お母さま、こわがらないで」


草地は、棘だらけの草木がしげってやっかいだ、その間をぬって細いでこぼこ道が走る。

広い野原に家畜のすがたはない、いっぴきのこらず村の家畜小屋にもどってしまった。

大地も空もうす暗くなってぼんやりとかすみ、どこへむかっているのかさえわからない。

突然、あなたはぼくを呼んで、ひそひそ声でたずねる、「土手のちかくの、あの光はなにかしら」と。


まさにそのとき恐ろしい叫び声がとどろいて、人影がぼくらめがけて荒々しく駆けて来る。

かごの中であなたは、低くうずくまって神さまの名をひたすら唱える。

かごかきたちは恐ろしさにおののいて、イバラの茂みに隠れてしまった。

ぼくは大声で言う、「お母さま、こわがらないで、ぼくがいるよ」


かれらは手に手に長い棒をもち、もつれた髪をなびかせて、ぐんぐん迫る。

ぼくは叫ぶ、「気を付けろ、悪党め！　一歩でも近づいたら、息の根を止めてやる」

かれらはふたたび恐ろしい声をはりあげて突進する。

あなたはぼくの手をにぎって言う、「坊や、お願いだから、むこうへ行かないで」

ぼくは言う、「お母さま、見ていてください」


それからぼくは、馬を疾駆させる。ぼくの剣と盾が敵とぶつかり合ってものすごい音が鳴りひびく。

いよいよ戦いは激しくなって、お母さまがかごの中からそれを見たら、ぞっとして身震いが止まらないだろう。

かれらのおおかたが飛ぶように逃げ、なんにんも犠牲者が出る。

あなたは、ひとりすわったまま考えていることでしょうね、坊やはもう死んでしまったにちがいない、って。

けれどぼくは体じゅう血だらけになって、あなたのところにもどって来るよ、そして言う、

「戦いはいま終わりました」

あなたはかごから出てきて、ぼくにキスをして胸に抱きよせると、心のなかでそっとつぶやく、

「もし坊やが付きそっていなかったら、いったいどうなっていたか知れやしない」って。

毎日まいにち、それこそ数えきれないくらい、ひどいことが起きているのだから、ひょっとしてこんなことがあるかもしれないよ。

それこそ本のなかのお話みたいに。

兄さんは言うだろう、

「そんなこと信じられる？　あの子がそんなに強いなんて考えたこともなかったよ」

ぼくたちの村の人はみんな、びっくり仰天して言うことだろう、

「坊やがお母さんといっしょにいて、ほんとうによかったじゃないか」って。

おしまい

お母さま、ゆくときが来ました。ぼくは行ってしまいます。

さびしい明けがたの、うす青い暗がりのなかで、あなたがその腕（かいな）を寝床の坊やに差しのばすとき、ぼくは言いましょう、

「坊やはそこにいません」――お母さま、ぼくはゆきます。

ぼくは、かすかなひと吹きの風となってそっとあなたを撫でましょう、あなたがゆあみするときに水に立つさざなみとなって、あなたになんどもキスをしましょう。

雨が木の葉をたたく風のつよい夜には、あなたは寝床でぼくのささやく声を聞くでしょう、そしてぼくの笑い声は稲妻とともに、開けはなった窓からあなたの部屋にひらめくでしょう。

もしも、あなたが坊やのことを考えて夜おそくまで寝つかれないでいたら、ぼくは星からあなたにうたいかけます、

「ねむれ、ねむれ、お母さま」って。

月の光にただよいながら、ぼくはあなたの寝床にしのび寄り、眠っているあなたの胸のう

えでやすみましょう。

ぼくは夢になりましょう、あなたのまぶたの、わずかなすき間から、あなたの眠りの深みへすべりこみます、そしてあなたが目をさまし、驚いてあたりを見まわすと、ひかる蛍のように夜の闇へと飛び去りましょう。

プジャのお祭りに、近所の子どもたちがあつまって家のまわりで遊ぶとき、ぼくは笛の音にとけて一日じゅう、あなたの心のなかで踊っていましょう。

叔母さまがプジャの贈り物をもって訪れると、たずねることでしょう、

「姉さん、わたしたちのかわいい坊やはどこなの」

お母さまはやさしくこたえるでしょう、

「かれはわたしの瞳のなかに、わたしの体に、そして心の奥にいます」

もどっておいで

かのじょが行ってしまったとき、夜は暗く、かれらは眠っていた。

いま、夜は暗く、わたしは呼ぶ、

「もどっておいで、わたしの愛する子よ。世界は寝しずまって、星はたがいに見つめあっている、この一瞬におまえがもどって来たとしても、だれひとり気づくものはいやしない」

かのじょは行ってしまった、樹々が芽ぶきはじめ、春はまだ若かった。

いま、樹々に花は咲きほこり、そしてわたしは呼びかける、

「もどっておいで、愛する子よ。子どもたちはつどい、むこうみずに戯れては花をまき散らす。もしきみがもどって来て、小さな花をひとつもらったとしても、だれも残念がったりしないいよ」


遊んでいたものたちは、いまも遊びつづける、こうして生命は惜しげもなくついやされる。

わたしはかれらのおしゃべりに耳をかたむけ、そして呼びかける、

「もどっておいで、わたしの愛する子よ、母の心は愛でみちあふれている、もしもおまえがもどって来て、母から小さなキスをかすめとっても、だれも文句なんか言わないよ」

最初のジャスミン*

これらのジャスミンよ、純白のジャスミンよ。

このジャスミンをわが手にみたした、最初の日のことがよみがえるようだ。

陽光を、空を、緑なす大地をわたしは愛してきた。

夜更けには、暗闇をながれる河のささやきに聞き入った。

秋の夕陽は、さびしい荒れ野の道がゆるやかにカーブするところでわたしのところにやって来た、愛する人を受け入れてベールをぬぐときの花嫁のように。

けれどいまもなお、わたしの記憶は、子どものときにわが手をみたした最初の白いジャスミンとともに甘くかおりたつ。


多くの楽しい日々がわが人生にやって来て、祭りの夜に浮かれさわぐ人びとといっしょにわたしは笑った。

雨降る灰いろの朝には、たあいない歌を数しれず口ずさんだ。

愛の手によって編まれたボクル*の花輪を、夕暮れにわたしは首(うなじ)にかけた。

けれどいまも、わたしの心は、子どものときにわが手をみたした最初の初々しいジャスミンの記憶とともに甘くかおりたつ。

＊ジャスミン Jasmine は、モッリカ Mallika とも。訳名は茉莉花。
＊ボクルは Bakula であるがベンガル語よみでボクル。鬱蒼とした樹形、星型をしたクリーム色の小さな花をつける。地面におちても花の芳香は長時間持続する。

バンヤンの樹*

池のそばに立つ、もじゃもじゃ頭をしたバンヤンの樹よ、きみは小さな子どものことを忘れてしまったかい、きみの枝に巣をつくり、やがて立ち去った鳥たちのような、小さな子どもがいたことを。

かれが窓のところにすわって、きみの根っこがもつれあって地中へ入りこむのを、どんなに驚いてみつめていたか、きみは憶えていないのかい？

女たちは水甕をみたしに池へやって来て、そのたびに、きみの大きな黒い影は目をさまそうともがく眠りのように、水の上でくねった。

太陽の光が、金色(こんじき)の織物をつむぐ機織りの杼(シャトル)みたいにせわしなく、さざなみの上で踊った。

二羽の家鴨(あひる)が、草のしげる池の端にうつるかれらの影の上で泳ぎまわり、その子はじっとすわって考えていたものだった。

かれはあこがれていた、風になってきみの枝をさやさや鳴らして吹きぬけてみたい、きみの影になって日あしとともに長く背をのばしてみたい、鳥となってきみの枝のてっぺんにとまってみたい、そしてまた、あの家鴨たちのように、草や影のあいだをただよいたいとおもったんだ。

＊バンヤン樹 Banyan はベンガル菩提樹ともいわれる聖樹。枝から幾つも気根をたらし、気根はふたたび地中をめざして木の幹となる。歳月を経て巨樹となり、森のようにもみえる。

祝福

祝福してください、この小さな心を、天のくちづけをかちとってわれらの地上にやって来た、この純粋ないのちを祝福してください。

かれは太陽の光を愛し、母の顔をみることを愛している。

かれは土ほこりを軽んじることも、黄金にあこがれることもならっていない。

あなたの心にかれを抱きしめ、かれを祝福してください。

かれは数かぎりなく道がまじわる、この地上にやって来た。

かれは人の群れからあなたをえらび、あなたの家に来て、かれの道をもとめてあなたの手をとったが、そのわけをわたしは知らない。

かれはあなたについてゆく、笑い、語り、なにひとつ心に疑いをもたずに。

かれの信頼をまもり、まっすぐにみちびいて、かれを祝福してください。

かれの頭にあなたの手をおいて祈ってください、たとえ下方にかくれた荒波が恐れを大きくすることがあっても、それでも上方からの息吹きがかれの帆をみたして、かれを静寂の港へはこびますように、と。

かれをせかすことなく、かれがあなたの心にやって来るように、そのようにかれを祝福してください。

贈りもの

　きみになにか贈りたい、わが子よ、わたしたちはこの世の流れにただようばかりなのだから。

　わたしたちの生命はべつべつにはこばれ、わたしたちの愛はやがて忘れられてしまう。

でもね、わたしの贈りものできみの心を買えるなんておもうほど、わたしは愚かじゃない。

きみの生（いのち）は若く、きみの行く道は遠く、わたしたちがもたらす愛をきみはひといきに飲み干して、わたしたちのところから駆け去ってしまう。

　きみにはきみの遊びと遊び仲間がいる。きみに、わたしたちのことをおもう時間や想像力がなくたって、いったいどんな害があるのかい。

　たしかに歳をとれば、わたしたちは過ぎ去った日々をかぞえ、この手に二度ともどって来ないものを心のうちでいつくしむ自由な時間をもつ。

　河は歌をうたいながら、あらゆる障害を突きやぶって早足で駆けてゆく。しかし山はとどまって述懐し、かれの愛をもって河にしたがう。

わたしの歌

わたしの、この歌はその調べで、やさしい愛の腕（かいな）のようにきみを包みこむだろう、わが子よ。

わたしの、この歌は祝福のくちづけのように、きみの額にふれるだろう。

きみがひとりぼっちでいるとき、歌はそばにいて、きみの耳にささやきかけるだろう。きみが人の群れにいるとき、歌はきみのまわりに孤高の垣根をめぐらせてくれるだろう。

わたしの歌は、夢へとむかう両翼となって、きみの心を未知の淵（ふち）まではこんでゆくだろう。

暗夜がきみの道をおおうとき、歌は頭上にかがやく忠実な星となってくれるだろう。

わたしの歌はきみの瞳の奥にとどまって、きみのもの見る力をものごとの中心へとみちびくだろう。

わたしの声が死のなかに沈黙するとき、わたしの歌は、きみの生きる心のなかで語りかけることだろう。

子ども天使

かれらはやかましく言い立て、たたかい、疑って絶望する、かれらは論争の終わりというものを知らない。

わが子よ、きみの生（いのち）をかれらのなかに来させなさい、明るく燃えあがる汚れなき炎が、かれらをよろこばせて沈黙させてしまうように。

かれらは欲深さと妬みのために冷酷で、かれらの言葉は血に飢える、かくされたナイフのようだ。

行きなさい、そしてにらみ合うかれらの心のあいだに立ち、一日の争いののちの、夕べの赦しがもたらす静寂のように、きみの優しい眼差しをかれらにそそぎなさい。

かれらにきみの顔をみせてください、わが子よ、そうしてすべてのものごとの意味をかれらにわからせなさい、かれらにきみを愛させ、そしてそのように互いに愛し合うようにしてください。

さあ、かぎりなきものの懐（ふところ）にきみのすわる場所をもちなさい。夜明けには、咲きそめる花のようにきみの心をひらいて高くかかげ、日没には頭を垂れて、沈黙のうちに一日の礼拝を完成させてください。

さいごの取引

「だれか、わたしを雇ってくれませんか」

朝、石畳の道を歩きながらわたしは呼びかけた。

剣を手に二輪戦車にのった王さまが近づいた。

王さまはわたしの手をとって言った、

「雇おう、わたしの力で」

しかしその力はなにもならなかった、そして王さまは二輪戦車を走らせて去った。


灼熱の昼どき、どの家も扉を閉めきっていた。

曲がりくねった路地を、わたしはさまよった。

すると、ひとりの老人が金貨の袋をもって出て来た。

老人は考えたすえに言った、

「あんたをこの金貨で雇おう」

老人は金貨を一枚いちまい秤にかけたが、わたしはそこを立ち去った。


日が暮れた。庭園のめぐりは花にみちていた。

うつくしい娘があらわれて、言った、

「あなたをほほえみで雇いましょう」

だが娘の笑顔はいろあせて涙にかわり、娘はひとり、暗がりに消えた。


太陽が砂を照らし、波が打ち寄せては気まぐれに砕けた。

子どもがひとり、貝がらで遊んでいた。

子どもはふと頭を上げて、わたしを知っているふうに言った、

「ぼくが雇ってあげる、なんにもあげられないけど」

そうして取引は子どもの遊びにゆきついて、わたしは自由な人間になれたのだった。

訳者あとがき

ラビンドラナート・タゴール詩集『三日月』は、英語本 THE CRESCENT MOON を訳出したものである。

いのち幼き子を祝福した、この比類のない独創的な英訳詩集は、一九一三年にロンドンで出版された。主としてベンガル語詩集 Shishu（おさなご、一九〇九年）より、詩人みずから四十詩篇をえらんで英訳した散文詩集であった。

タゴール自身による英訳散文詩集といえば一九一二年秋に出版された英語本『ギーターンジャリ』が最初であるが、時をおかずに詩人は THE CRESCENT MOON（三日月）と THE GARDENER（園丁）の英訳をすすめたのであった。そのうち、とりわけ美しい本になったのが前者だ。表紙はスタージ・ムーアが描いたものだが、夜空にかかる三日月が揺りかごになって幼子がひとり眠るという、神秘的な図になっている。揺りかごは黄麻を編んだつり床

（ハンモック）で、三日月がいのちの源のようにかがやく。

タゴールはスタージ・ムーアへの手紙に「表紙の美しいデザインを私たちの誰もが称讃しています。シンプルさと優美さにおいて完璧です」と書いた。同書には"TO T. STURGE MOORE"（スタージ・ムーアへ）との献辞が刻まれている。

詩人にとって二十世紀は、一九〇一年十二月に西ベンガル州シャンティニケトンに開設した小さな学校から始まった。真実の求道者にしてヒューマニストたる詩人の理想的精神が、最上のかたちで実現した、田舎の小さな学校であった。その精神は、英語詩集『三日月』に込められたメッセージと深くむすびついている。

だが、その一方で、詩人にとっての二十世紀最初の十年は、愛する者たちとの永遠の別れの歳月でもあった。一九〇二年十一月に妻ムリナリニ・デビが帰らぬ人となった。翌年の一九〇三年初め、次女レヌカが肺結核であるとわかり転地療養が必要になって、詩人はレヌ

THE CRESCENT MOON
スタージ・ムーアによる表紙デザイン

カを連れてヒマラヤ山麓のアルモラほかに滞在した。ベンガル語詩集Shishu（おさなご）は、このときに執筆された作品を中心に編まれている。だが療養もむなしくレヌカは同年九月に十二歳で死去した。その後一九〇七年には、次男ショミンドラがコレラにかかって十一歳で死去した。その間の一九〇五年には父デベンドラナートが没している。時の流れが前後するが詩人は十三歳のときに母シャロダ・デビを亡くした。

ベンガル語詩集『おさなご』は最終的に一九〇九年にまとめられた。この詩集には、詩人が体験した前述のような別れの悲しみと痛みがかぎりなく繊細に、そして切々とうたわれているのである。

『おさなご』を経て詩人はモンスーン到来のころ、新たな詩集の執筆にとりかかる。悲しみを超え、雨季のはじまりに第一歩を踏みだすかのように。タゴール詩の頂点ともいわれるベンガル語詩集『ギーターンジャリ（ベンガル語よみでギタンジョリ）』の執筆である。こうしてベンガル語詩集『ギタンジョリ』は翌年一九一〇年に出版された。のち一九一二年に詩人はロンドンを訪問することになるのだが、それに先立ち詩人は『ギタンジョリ』の英訳に着手する。その英訳ノートを携えて詩人はロンドンを訪問した。知己のローセンスタインを介してイェイツに出あい、ロンドンの著名な文化人らと語りあった。そのひとりが前述の詩人・版画家スタージ・ムーアである。

英語本『三日月』と『ギーターンジャリ』には共通の英訳三詩篇が収録されている。これらふたつの英訳詩集はきわめて親密なつながりをもっていて、おそらくそうしたことで共通の詩篇収録ということになったと思われる。英訳三詩篇は、『三日月』所収の「海辺に」「みなもと」「いつ、なぜ」で、相当する『ギーターンジャリ』詩篇は六十番〜六十二番である。

また、ふたつの英訳詩集はともに、ベンガル語詩集『Gitimalya ギティマッロ（歌の花輪）一九一四年』から択んだ収録詩を含んでいる。たとえば『三日月』の結びの詩篇「さいごの取引」のベンガル語原典も『ギティマッロ』で、この詩は一九一三年一月に米国イリノイ州で作られた。かたや英語本『ギーターンジャリ』には『ギティマッロ』から十六詩篇が英訳収録されているのである。ベンガル語本『ギタンジョリ』から『ギティマッロ』へ、さらに『ギティマッロ』から英語本『ギーターンジャリ』へ、そして『ギティマッロ』から英語本『三日月』へとつづく詩作のシークエンスが『ギティマッロ』所収詩篇により、おのずから明らかになる。だが、これはただひとえに、詩人が毎日のようにベンガル語詩をつくり、同時に英訳もすすめていたことの表れに過ぎない。

それにしても、『ギタンジョリ』直後から一九一四年雨季到来のころまでに執筆された『ギティマッロ』は美しい詩歌にあふれている。そして収録詩のほとんどが歌なのである。ロンドンの郊外や街角でつくられた歌や、航海中によまれた詩もあるけれど、それはベンガル語詩集『ギティマッロ』に作詩日と地名が記されているからそうと分かるのであって、地上のどこにいようともタゴールは、ベンガルの心（インドの心）の中心にいて、そこから詩や歌を作りつづけたのである。

テキストとして左記の二冊を使用した。

COLLECTED POEMS AND PLAYS of RABINDRANATH TAGORE, MACMILLAN 1967
THE CRESCENT MOON, Indian Edition, MACMILLAN AND CO., LIMITED, London 1965

最後に、未知谷の飯島徹さんと伊藤伸恵さんに心よりお礼を申し上げます。

二〇二一年八月二十七日

内山眞理子

ラビンドラナート・タゴール

Rabindranath Tagore 1861 ～ 1941

英国統治下のインド・コルカタに生まれる。1913 年、英語散文詩集『ギーターンジャリ 歌の捧げもの』によりノーベル文学賞を受賞。欧州以外で初のノーベル賞受賞であった。神秘的で純粋な詩精神にあふれ、愛と情熱のほとばしる詩や歌を母語ベンガル語で数多くあらわす。80 年余の生涯をつうじてインドは苦難と混沌の時代にあり、人びとが真に自立の精神に覚醒することをねがった。

真実をもとめ理性にもとづいて果敢に行動する詩人であったことは重要である。人間の尊厳への透徹した眼差しをもち、きわめて知的で普遍的なヒューマニストであった。しばしばヒューマニズムの唱道者とも呼ばれる。

第一義的に詩人であり、同時に音楽家であった。ベンガルの村を遍歴するバウルの歌を愛し、歌はベンガルの心を代表すると考えて、その伝承旋律をしばしば自作歌にもちいた。インドとバングラデシュ両国の国歌はタゴールの作詩作曲である。

ベンガル語による詩集に『マノシ（心のひと）』『黄金の小舟』『束の間のもの』『渡し舟』『おさなご』『ギタンジョリ（ギーターンジャリ）』『渡り飛ぶ白鳥』『木の葉の皿』『シャナイ笛』など。小説に『ゴーラ』『家と世界』『最後の詩』『四つの章』ほか。多くの戯曲や舞踊劇があり、二千曲ともいわれる詩人の歌を集めた『歌詞集』がある。

注目すべき英語講演集に『サーダナー（生の実現）』（1912 ～ 13 年米国での講演）と『人間の宗教』（1930 年英国オックスフォード大学での連続講演）がある。

内山眞理子　Uchiyama Mariko

インド西ベンガル州シャンティニケトンにあるタゴールの大学ビッショ・バロティ Visva-Bharati 哲学研究科にてタゴールの思想を学ぶ。ベンガル語からのタゴール作品翻訳書として『もっとほんとうのこと』（段々社）、『ベンガルの苦行者』『お母さま』『わが黄金のベンガルよ』『ギーターンジャリ』（いずれも未知谷）、英語からの翻訳書に『迷い鳥たち』（未知谷）ほか。著書にベンガルの吟遊詩人バウルを紹介した歌紀行『ベンガル夜想曲（愛の歌のありかへ）』（柘植書房新社）がある。

三日月
The Crescent Moon

2021年10月15日初版印刷
2021年10月25日初版発行

著者　ラビンドラナート・タゴール
訳者　内山眞理子
発行者　飯島徹
発行所　未知谷
東京都千代田区神田猿楽町 2-5-9　〒101-0064
Tel. 03-5281-3751 / Fax. 03-5281-3752
［振替］ 00130-4-653627

組版　柏木薫
印刷所　ディグ
製本所　牧製本

Publisher Michitani Co, Ltd., Tokyo
Printed in Japan
ISBN 978-4-89642-650-2　C0098